LA
MÉNAGERIE PARISIENNE

PAR

Gustave Doré

PARIS

Au Bureau du JOURNAL POUR RIRE.
Rue Bergère N° 20.

Lith. Vayron rue Calande 51 Paris.

LA
MÉNAGERIE PARISIENNE

PAR

Gustave Doré

PARIS

Au Bureau du JOURNAL POUR RIRE,
Rue Bergère N° 20.

Lith Vayron rue Galande 61 Paris.

Lions.

Petits Lions, Lions adultes (alias Lions sots).

Lionnes

(Sortie de la messe d'1 heure)

Lionnes.

Lionnes et leurs petits.

Parens.

Rats d'opéra

Rats (d'égout)

Rats peintres (alias rapins).

Rats de Jardin.

Loups cerviers.

Voisins.

Les dindons et les oies.

Seigneurs.

Crapauds

Coq (de barrière)

Tigre.

Lesin.

Panthères.

(Animaux féroces qui dévorent les châteaux, les fermes, les terres et les rentes)

Chouettes.

Vielles Panthères

Poses.

Oiseau de proie.

Merlan.

www.ingramcontent.com/pod-product-compliance
Ingram Content Group UK Ltd.
Pitfield, Milton Keynes, MK11 3LW, UK
UKHW012108240726
13965UKWH00004B/1643